P9-DWP-140

AMOR Y POLLO ASADO

A Chris,
mi fiel compañero
de viajes

Muchas gracias a Edwin Sulca por haber contado este cuento en nuestra mesa, por su constante hospitalidad en Ayacucho y por inspirar a tantos con su valor y creatividad.

Abrazos a Martha Castellanos por sus conocimientos especializados en el lenguaje y cultura andina, sus amables consejos y el estímulo que me ofreció tan cordialmente a lo largo del camino.

AMOR Y POLLO ASADO

UN CUENTO ANDINO DE ENREDOS Y ENGAÑOS

BÁRBARA KNUTSON

TRADUCCIÓN DE JUDY GOLDMAN Y WENDY A. LUFT

ediciones LERNER / MINNEAPOLIS

Un día, en lo alto de los Andes, Cuy, el conejillo de Indias, estaba subiendo y bajando por los senderos en busca de algo para comer. Pero justo cuando abrió la boca para disfrutar un bocado de pasto dulce vio a Tío Antonio, el zorro, que se aproximaba saltando sobre las rocas de enfrente, ¡y no había tiempo para esconderse!

Cuy pensó rápido. Se apiñó debajo del borde de una enorme roca y presionó hacia arriba con sus brazos.

—¡Ajá! ¡Comida! —gruñó el zorro, listo para saltar.

—¡Tío Antonio! —exclamó Cuy—. ¿No has oído? ¡El cielo se está cayendo!

—¡Pamplinas! —gruñó Tío Antonio y, aunque no pudo evitar mirar hacia arriba, exclamó—: ¡Se ve igual que siempre!

—Eso es porque lo estoy deteniendo con esta roca —dijo Cuy—. He estado aquí todo el día y necesito ir al baño. ¿Por favor, puedes detener la roca por un momento?

El zorro miró de nuevo hacia arriba y pensó que sería terrible si se cayera el cielo. Se agachó debajo de la roca y empujó hacia arriba con sus patas delanteras.

—Sosténla o nos apachurrará a todos —le advirtió Cuy, quien se escabulló detrás de unos arbustos y fue a buscar más comida.

Al atardecer, Tío Antonio ya no aguantaba los brazos.

—¡Tengo que soltarla aunque se caiga el cielo! —se dijo, mientras se agachaba al mismo tiempo que soltaba la roca.

Pero nada sucedió. La roca y el cielo se quedaron en su lugar.

—¡Voy a atrapar a ese conejillo de Indias! —dijo el zorro, y se fue saltando por el sendero.

Cuy acababa de encontrar otra franja de pasto dulce cuando vio al zorro que se acercaba. De inmediato empezó a escarbar en la ladera de la colina.

—¡Esta vez te tengo! —dijo Tío Antonio y agarró la pata de Cuy.

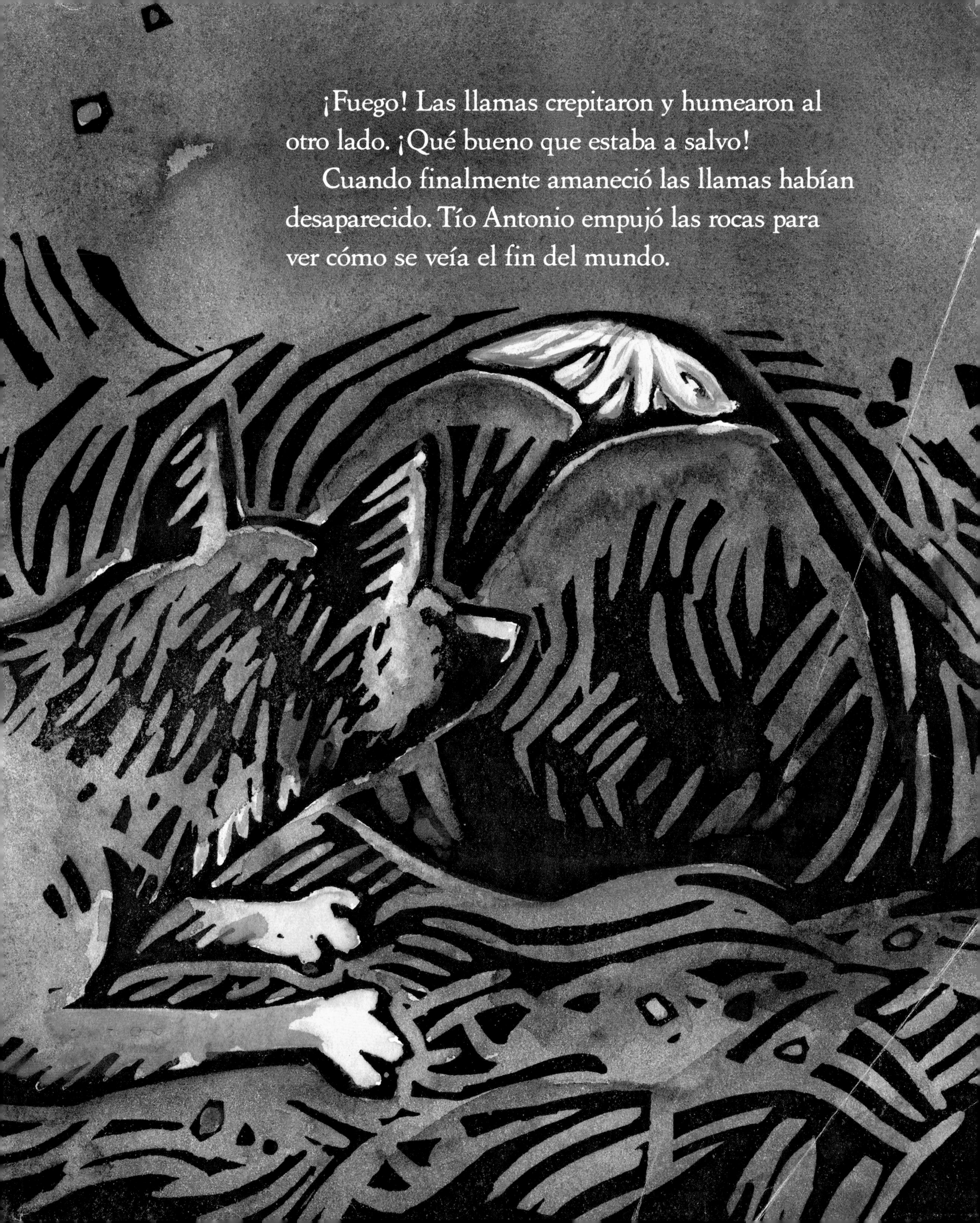

¡Fuego! Las llamas crepitaron y humearon al otro lado. ¡Qué bueno que estaba a salvo!

Cuando finalmente amaneció las llamas habían desaparecido. Tío Antonio empujó las rocas para ver cómo se veía el fin del mundo.

—¡Amigo mío! —gritó Cuy. ¿No sabes que hoy en la noche el mundo se acabará en una lluvia de fuego? ¡Ayúdame a escarbar una madriguera para que estemos a salvo!

—¡Esta vez no te voy a creer! —aseguró el zorro.

—Está bien —dijo el conejillo de Indias—. Pero no me culpes cuando tus bigotes se estén quemando.

El zorro tembló. ¿Y si fuera cierto? Empujó a Cuy y se metió al hoyo recién escarbado.

—Pues entonces, esta madriguera es para mí, compadre. ¡Vete a escarbar la tuya!

Cuy suspiró.

—¡Está bien! Hasta apilaré unas rocas frente a la entrada para mantenerte a salvo de las chispas. Cuando termine el mundo recuerda que fui tu último amigo.

Tío Antonio se acurrucó en el fondo de la madriguera y esperó. ¡El fin del mundo! Nada de bailar a la luz de la luna con las muchachas del pueblo. Nada de saborear pollos del gallinero del granjero. ¿Pero qué tal si era otro truco? Se asomó por entre las piedras que cubrían la entrada.

El sol brillaba, un cóndor volaba sobre las montañas y, en el valle, Florinda, la hija del granjero, sembraba papas. Enfrente de la madriguera del zorro había un montón de cenizas del fuego que había prendido el conejillo de Indias.

—¡Cuy! —aulló el zorro—. ¡A la siguiente te comeré al instante!

Pero Cuy tenía un plan.

—Voy a ir adonde hay bastante comida y donde siempre hay alguien que alejará al zorro—se dijo, y se puso un sombrero y un poncho y bajó de la montaña para tocar a la puerta del granjero.

—Buenos días, papay. ¿Necesitas ayuda con la alfalfa? —dijo Cuy.

"Qué hombre tan pequeño, pero necesito que alguien me ayude", pensó el granjero.

—Bueno —contestó el granjero—. Puedes empezar de inmediato.

Todo el día Cuy ayudó a Florinda a desherbar, azadonar y regar los campos,

pero toda la noche se agasajó con la alfalfa fresca.

—Toda esta comida y sin el zorro a la vista. ¡Me voy a quedar aquí por el resto de mi vida! —decidió.

Al tercer día, el granjero notó que algo estaba mal.

—¿Quién está robando toda mi alfalfa? —se preguntó—. Será mejor que haga que parezca que alguien está vigilando el campo.

Modeló una pequeña persona de barro y la cubrió con la pegajosa resina del eucalipto. La acomodó en el campo y se fue a la cama.

A medianoche, Cuy sigilosamente fue a buscar un bocadillo, pero alguien había llegado antes que él.

—¡Buenas noches! ¿Eres amiga de Florinda? —preguntó.

La visitante no dijo nada.

—¡Dije hola! —. Cuy quiso estrecharle la mano. Se le pegó la pata.

—¡Ah, conque quieres tomarme de la mano! —dijo Cuy, y le dio una palmada en el hombro con la otra pata, pero esa también se quedó pegada.

—¡Caramba! ¡Suéltame! —dijo el conejillo de Indias—. ¡Si no lo haces te voy a dar una patada! —Pero la persona no dijo una palabra y no lo soltó.

Cuy pateó fuerte con su pata derecha, que se quedó pegada. Después pateó con su pata izquierda, pero esa también se quedó pegada.

—¡Qué grosera! —exclamó. ¡Suéltame o te daré un cabezazo! —pero cuando lo hizo, su cabeza también se quedó pegada—. ¡SUÉLTAME! —gritó Cuy tan fuerte que el granjero se despertó y salió corriendo.

—¡Qué tramposo! ¡Qué sinvergüenza! ¡No eres un campesino, eres un conejillo de Indias! —exclamó el granjero—. ¡Y has estado comiendo toda mi alfalfa! ¡Pues, a Florinda le encanta comer conejillo de Indias asado y mañana te vamos a comer a TI!

Liberó a Cuy de la pegajosa muñeca de resina. Después lo amarró al eucalipto y regresó a su cama.

"¡Esto no se puede poner peor!" pensó Cuy. Pero ahí venía Tío Antonio, escabulléndose hacia el gallinero.

—¡Vaya, vaya! —dijo el zorro—. Estaba buscando mi cena de pollo y ¡aquí está mi aperitivo! —Se acercó más, la luz de la luna destellando en sus puntiagudos dientes. —¿Por qué estás amarrado?

El conejillo de Indias tragó saliva. Todos se lo querían comer. —¡Ay, Tío Antonio! —jadeó, pensando rápido—. Todo se debe al amor y al pollo asado.

El zorro levantó las orejas. —Ésos son mis temas favoritos.

Cuy colocó su pata sobre su corazón. —¿Conoces a Florinda, la hija del granjero? Se quiere casar conmigo. Pero, el problema es que come pollo todos los días. ¿Te lo puedes imaginar?

El zorro lo imaginó.

—¡Pero soy vegetariano! —declaró Cuy —. ¡Me han amarrado hasta que prometa casarme con Florinda y comer grandes platones de pollo asado todos los días. ¿Qué voy a hacer?

—Pobrecito —dijo Tío Antonio, lamiéndose los labios—. Odio verte sufrir. Será una vida difícil para mí, pero nada más por ayudarte tomaré tu lugar.

—¿De veras? —dijo Cuy—. Eres muy amable.

Entonces el zorro desamarró a Cuy. Y Cuy amarró a Tío Antonio al árbol y se escapó al campo de alfalfa para un último festín.

A la mañana siguiente, el granjero vino a desamarrar su comida. Para su sorpresa, encontró un zorro.

—¿Y ahora qué? ¿Otro disfraz? —dijo el granjero levantó un palo.

—¡Oh no, papay, no me pegues! —dijo Tío Antonio—. ¡Prometo comerme uno de tus pollos todos los días del año!

—¿Cómo? —exclamó el granjero.

—Claro que también planeo casarme con tu hija, papay —agregó velozmente Tío Antonio.

—¿CÓMO? —exclamó el granjero y levantó el palo sobre su cabeza. Tan rápido como pudo, Tío Antonio explicó lo que le había dicho Cuy.

—¿Creíste ese cuento? ¡Qué tonto! —dijo el granjero y se rió tanto que las lágrimas rodaron por sus cachetes—. ¡Qué ridículo!

Mientras el granjero se reía, el zorro mordió la cuerda y se escapó sobre la cerca del campo.

—¡CUY! —aulló al correr—. ¡Nunca me engañarás de nuevo!

Y para asegurarse de eso se mantuvo alejado de Cuy por mucho, mucho tiempo.

Nota de la autora

Viví en Perú durante dos años, mientras mi esposo dio clases en un colegio en Lima. Desde esa ciudad capital visitábamos el mar, el desierto, la selva tropical y los Andes, tan magníficos, altos y cubiertos de nieve (color café en el mapa), que se extienden por todo el oeste de América del Sur. Nos encantaba acampar e ir de excursión a los Andes. Todavía recuerdo lo pequeña que me sentía al pie de las enormes montañas y cuántas estrellas podíamos ver de noche. Durante mis viajes encontré a muchas personas muy amables (y a un zorro y algunos conejillos de Indias). También aprendí muchos cuentos, incluyendo unos de enredos y engaños que me hicieron recordar algunos que conozco de África.

Un cuento de enredos y engaños habla de un pequeño animal (o una persona) que utiliza su cerebro en lugar de la fuerza para competir contra personajes más grandes y más feroces. En los Andes, en muchas ocasiones el personaje de enredos y engaños es un pequeño zorro gris, pero en uno de los cuentos el héroe es un conejillo de Indias. He oído y leído este cuento muchas veces en español: en un bello y antiguo libro boliviano, de la boca de un guía peruano en un pueblo en la montaña, en

una revista boliviana para niños y de nuestro amigo Edwin Sulca, un tejedor peruano. ¡Nunca lo contaron de la misma forma dos veces! En este libro he combinado y reacomodado mis versiones favoritas.

¿Cómo fue que un conejillo de Indias llegó a ser el protagonista de este cuento? Los conejillos de Indias son parte de la vida tradicional de los Andes. Antes corrían libres en las montañas, igual que los conejos. Pero hace cientos de años la gente comenzó a criarlos para comer. En los mercados todavía venden conejillos de Indias para el mismo propósito. Sin embargo, aquí tenemos una excepción pues, al menos en este cuento, Cuy sale ganando.

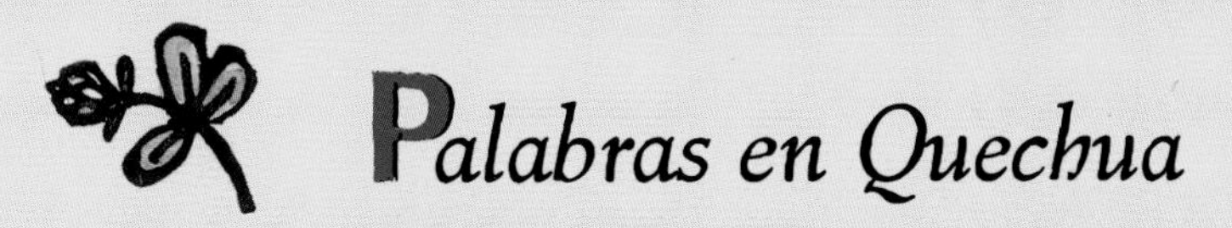

Palabras en Quechua

En los Andes la gente mezcla el español con las antiguas lenguas Quechua y Aymara. Las siguietes palabras son de la lengua Quechua:

cuy: conejillo de Indias

papay: señor o don

ediciones Lerner
Una división de Lerner Publishing Group
241 First Avenue North
Minneapolis, MN 55401 EUA

Dirección en la red mundial: www.lernerbooks.com

Library of Congress Cataloging-in-Publication Data

Knutson, Barbara.
[Love and Roast Chicken. Spanish]
Amor y pollo asado: Un cuento andino de enredos y engaños / por Barbara Knutson; traducción de Judy Goldman y Wendy A. Luft.
p. cm.
Summary: In this folktale from the Andes, a clever guinea pig repeatedly outsmarts the fox that wants to eat him for dinner.
ISBN-13: 978–0–8225–3190–6 (lib. bdg. : alk. paper)
ISBN-10: 0–8225–3190–9 (lib. bdg. : alk. paper)
1. Indians of South America—Andes Region—Folklore. 2. Guinea pigs—Andes Region—Folklore. 3. Tricksters—Andes Region. [1. Indians of South America—Andes Region—Folklore. 2. Folklore—South America. 3. Tricksters—Folklore.] I. Title.
F2230.1.F6K5818 2005
398.2'098'045293592—dc22
[E] 2005003326

Manufactured in the United States of America
1 2 3 4 5 6 – JR – 10 09 08 07 06 05